暖心自然笔记

在时光深处等你

Zai Shiguang Shenchu Deng Ni

宋晓杰 著　　薛 涛 主编

北方联合出版传媒（集团）股份有限公司
辽宁少年儿童出版社
沈 阳

© 宋晓杰 薛 涛 2023

图书在版编目（CIP）数据

暖心自然笔记：在时光深处等你 / 宋晓杰著；薛涛主编 . —沈阳：辽宁少年儿童出版社，2023.6
ISBN 978-7-5315-9478-9

Ⅰ . ①暖… Ⅱ . ①宋… ②薛… Ⅲ . ①散文集—中国—当代 Ⅳ . ① I267

中国国家版本馆 CIP 数据核字（2023）第 077843 号

出版发行：北方联合出版传媒（集团）股份有限公司
　　　　　辽宁少年儿童出版社
出 版 人：胡运江
地　　址：沈阳市和平区十一纬路 25 号
邮　　编：110003
发行部电话：024-23284265　024-23284261
总编室电话：024-23284269
E-mail:lnsecbs@163.com
http://www.lnse.com
承 印 厂：辽宁新华印务有限公司

责任编辑：刘　静　苏　萍
责任校对：段胜雪
封面设计：刘立婷
版式设计：鼎籍文化
插图绘制：豪　美
责任印制：吕国刚

幅面尺寸：152mm×210mm
印　　张：4.57　　字数：66 千字
出版时间：2023 年 6 月第 1 版
印刷时间：2023 年 6 月第 1 次印刷
标准书号：ISBN 978-7-5315-9478-9
定　　价：30.00 元

版权所有　侵权必究

愿你们的生命中有树木，有鸟鸣

我与河流、树木比邻而居，听鸟的闲言碎语，也为虫子的歌唱捧场。每天早上，它们把我从睡梦中唤醒。其实，我的灵魂也跟着一起苏醒了。

我学树的样子，把生命的根系扎在土壤里。

我自幼与树木、虫鸟生活在一起，与它们就像一个家庭。7岁那年，我在院子四周植树。我还把一颗桃核儿埋在院子中间，两年后小桃树开了一朵花。我在河边的树上筑了一个巨大的巢，在上面写作业、读民间故事。在它们中间，我是欢喜的，这欢喜抵挡着莫名的恐惧和忧愁。

前几年，我在阳台上修建了一个木屋当书房。木屋四周草木茂盛，从前的老邻居们又找回来了。我离不开它们，它们是我生命的滋养，跟粮食、空气和水一样重要。如果有机会重新选择一种活法，我还是会在土地上行走。我甚至会选择做植物——草或者树木，我愿意彻底融入田野。

山川和田野孕育了万千生命，也孕育了人。它是所有生命的母亲，也是人的母体。当人俯身与之对话时，便催生了人类的思想和艺术。当人类面临困境时，恢复从前的对话便是一种出路。

这是我们的文学出路,更是你们的生命出路。

这套书就像一本笔记,记录了作家们与自然万物的对话,这些对话看似琐碎、零乱,其实非常重要。书中的每一个文字都能呼吸,都能鸣叫,就像万物的样子。让他们忽略一棵树、一只虫子,他们能做到吗?秋天过去,连脚下的蛐蛐儿的鸣叫也是余音绕梁,居然还能陪我们熬过严冬呢。第一场雪转瞬即逝,雪化成的水滴击打木板发出声声钝响,与心底的虫鸣遥相呼应。我邀请这几位作家朋友打开本子,把有关的一切都记下来,为它们作传,为它们修志,顺便完成我们自己的精神自传。

我期待你们细细品、慢慢读,将来还愿意重读,愿你们生命的记忆中有树木,有鸟鸣。

致敬画家。画家像一个魔法师,色彩让这些文字真正活起来。图与文的完美结合,诞生了一部新作品,更灵动、更鲜润。

致敬编辑。她,还有他,认真打磨这部新作品。他们以智慧和耐心加入这个合唱。

薛 涛

2022 年 3 月 18 日于辽宁凤城白旗镇

上紧发条的时光宝盒

宋晓杰

起初,我想完整地"过"一年,从立春到大寒,沿着季节的河流,乘一叶扁舟,细心地"漂流"一遭,并仔细记下河流两岸的那些花开叶落、风起云涌。但没有找到恰当的开场,一场大戏总在不断排演。时光如流沙易逝,但总有微温的感动被记忆挽留。我一直迷恋乡野和农耕文明,并借由古人对自然的信赖、对万物的信仰,向厚德的土地、无言的时光和智慧的先人致敬。于是,我出发了!在白昼的尘埃落定之后,就着如水的月光,我扶起闪亮的犁铧,一步一步跋涉,一垄一垄种植。

纪录片《自然的力量》中说,世界由92种元素构成。这精而少的数字令我诧异莫名,那些由水土、大自然和古老习俗汇流而成的生命之河,那些的口口相传、代代承袭庄重礼仪、象征意义以及关于时间的古典哲学,或许正是中华民族的根脉——对于伟大的祖国,它们有一个共同的名字：中国元素。泥土、禾苗、微风、细雨、草木、斜阳……正是这些物质汇聚成淙淙的光华滔滔东逝。日出而作，日落而息；凿井而饮，耕田而食。赤地千里的蛮荒也好，世外桃源的盛景也罢，它们都是你的基因和骨血，生命的底色无法更改。

这一次，时光宝盒亮开歌喉，能动的飞禽走兽，不能动的峰峦树莽，它们尽在其中。花自飘零水自流，云自舒卷风雷动。生物与生态的姿容，生产与生活的指南，生机与生命的轮转，既是对往昔田园牧歌的追忆，又是温故知新的寻根之旅。年华馈赠的童年经历、乡村经验以及无解的乡愁，怎样潜移默化地影响着我的前路和余生？叙利亚诗人阿多尼斯说："你的童年是小村庄，可是，你走不出它的边际，无论你远行到何方。"英国诗人华兹华斯也有类似的言辞："我爱四种旧事物：古书，老酒，故人，还有旧风俗。"

钟在报时，鸟在欢歌。上紧发条，别停下！在被仓促裹挟着左冲右突的时代洪流中，要稳住阵脚，大自然和童心是引领精神攀缘向上的常青藤。请像孩子那样俯下腰身，给蚂蚁让路，为小草浇水，听天边流浪的云朵诉说，替旷野里孤单的稻草人担忧。因为滚滚红尘中，它们是唯一的一个——正如你也是独一无二的存在。记下它们小小的模样吧，否则再美的风物，再慢的旅程，走着走着，彼此也会消逝不见……

我喜欢俄罗斯作家索洛乌欣的一句话："一切离去的，都将通向未来。"于是，我写下广义的四季和我的一年：一边匆匆穿行于俗常的事物，一边悄悄地游走于季节的河畔；一面仓促地挥手告别，一面热忱地笑脸相迎——那其实是我对无尽岁月的又一次虚心学习、诚恳致意。

我愿以此献给我即将80岁的老母亲，并与彼此确认的心灵挚友共勉。

2021年4月21日，于北京

二十四节气歌

春雨惊春清谷天,夏满芒夏暑相连,
秋处露秋寒霜降,冬雪雪冬小大寒。
每月两节不变更,最多相差一两天。
上半年逢六廿一,下半年逢八廿三。

目 录

春

002 / 立春：春天嘹亮的小号

007 / 雨水：闪亮的珠贝

011 / 惊蛰：欣欣然，睁开了眼

015 / 春分：春天已行至中途

019 / 清明：你看，你看，宽慰的泪……

023 / 谷雨：潜滋暗长的梦

夏

028 / 立夏：小荷尖尖，荷叶田田

032 / 小满：我的名字叫"小满"

036 / 芒种：欢腾的大地之歌

041 / 夏至：荷的心情

046 / 小暑：知了，知了，你别叫

050 / 大暑：星星点灯

秋

056 / 立秋：云朵中的小火车

061 / 处暑：悲欣交集的夜色中

065 / 白露：不是告别

069 / 秋分：丹桂飘香的无数夜晚

073 / 寒露：山谷里的野菊花

077 / 霜降：庭院里，那棵高大的柿子树

冬

082 / 立冬：没有吃到橘子瓣儿软糖

087 / 小雪：你是一个女孩儿吗

092 / 大雪：茫茫雪野中的意境

097 / 冬至：黎明的曙光

102 / 小寒：即将结束的旅程

107 / 大寒：年华的盛宴

112 / 阅读拓展

春

听说春天就要来了,消息随风四散
在鸟的翅膀上,在破土的箭镞(zú)上
越来越轻的脚步,在云端之上

立春：春天嘹亮的小号

　　这是一个报喜的节气，一切都可以期待。当你听到"春天来了"的时候，是不是心儿像梅花般无声绽放。

　　一年之计在于春。立春最勤快，它是跑在季节

最前头的"旗手"。在北方，人们对春的盼望尤其强烈。立春时节来临，自然界其实还看不到春的影子。虫子没有翻身，春水没有漾开，大天鹅和丹顶鹤还没有飞回来。绿色更是没有踪影，它们还睡在厚厚的树皮里、黑黑的土层下，如贪睡的孩子，又像羞涩的女孩儿躲在神秘的地方。但土地已经松软，如正午的暖阳照着，和暖，微醺，心中有着模糊的盼头儿和念想。

　　立春也是一个节日。在周朝，迎接立春有着严格的仪式：立春的前三天，天子开始斋戒。立春当天，天子亲率三公九卿等诸侯大夫到东方八里之郊去迎春，祈求丰收。迎春仪式结束后，天子要赏赐群臣，布德令以施惠兆民。后来，天子的祈拜演变成全民的迎春活动，不同规模的祭祖活动在各地盛行，以此庆祝一年崭新的开篇。

　　立春又叫报春、打春、咬春。可是，

立春:春天嘹亮的小号

"报"春,春天在哪儿?看不见它,怎么"打"?不过,可以"咬"它——吃春饼、春卷,吃萝卜。春卷多是从超市里买来的,在微温的油锅里炸一下即可。炸的时候要不停地翻动,才能保证它外酥里嫩。春饼呢,两层面皮合在一起,用擀面杖轻轻擀薄,再在热锅里放一点儿油,文火,把面皮翻转几次就可以出锅了。春饼的配菜很重要,所选菜品因人而异。我家常吃的"四大班底"是韭菜炒鸡蛋、肉丝炒绿豆芽、土豆丝炒青椒、酸菜炒粉丝。把春饼的两层面皮轻轻撕开,菜平摊在饼面上,把饼卷起来,一个香喷喷的春饼就成了。吃萝卜就简单了,买一个"心里美"大萝卜,用刀切着吃,爽口解腻,春天就这样被我们咬着吃了。

立春前后,买上一盆水仙再好不过了。起初,它的形象与高洁、清雅根本无关,正如歇后语所言:水仙不开花——装蒜!别急,用不了几天,碧绿的叶片间

就会长出花骨朵儿。接着,白盈盈的笑脸嵌着鹅黄的花蕊,从绿叶中调皮地探出头来,像小号,吹奏出春天清新、嘹亮的旋律——那是春天送给你的惊喜!

节气小档案

我国古人顺应农时,通过观察天体运行将一年分为四季,每季三个月,十五天为一个节气,每个节气分为三候。立春时间在每年公历2月3日至5日。立春即春季的开始。汉代以前历法曾多次变革,立春曾被定为春节并延续了两千多年,"中华民国"建立后才确定为每年的正月初一为春节。立春的三候为:一候东风解冻;二候蛰(zhé)虫始振;三候鱼陟(zhì)负冰。立春之日开始,东风吹送,冰雪融化,大地解冻;五天之后,蛰伏的虫子慢慢苏醒;再过五天,鱼到水面上呼吸新鲜空气,没有融化的碎冰像伏在鱼背上一样。

雨水：闪亮的珠贝

在北方，虽然寒冷还没有心甘情愿地退场，但终究敌不过润物细无声的力量：绵绵的小雨飘着飘着，地就绿了，花就开了；丝丝凉凉的小雨飘着飘着，身就暖了，心就软了。雨点滴落在玻璃窗上，像淘气的孩子亮晶晶的眼眸，向你讲述惊喜和发现。

春雨贵如油。这时的土地如焦渴的人，迫切需要雨水的润泽。一场透雨过后，大地便为再次孕育生命铺好了温床。柳丝还未见多少绿色，遥遥望去，正是"草色遥看近却无"的情景。万物依水而生，靠水而活。

我的记事本上有这样几行字："2017年2月18日，雨水。没有雨，天气晴好。北京，16摄氏度，赤脚已经不冷了。南方的朋友在微信上晒梅花……各种花。而北方，仍看不到春的迹象。"南北方差异已经令人惊叹，更何况全球。不过，现在信息传播速度快，我们坐在家中便知人情冷暖、世事变迁。贵州下了一个月的雨后，人们就要进山采天麻了。入山前要有庄重的吼山仪式。采得的天麻泡酒、炖汤、做菜，兼具食物和养生的双重功能。

离雨水最近的一个传统节日是元宵节。据史料记载，早在西汉时期就有元宵节了。元宵赏灯始于东汉明帝时期，明帝听说佛教有正月十五观佛舍利、点灯敬佛的做法，就下令这天夜晚在皇宫和寺庙里点灯敬佛，家家户户张灯结彩，逐渐成为民间节日。在这天，人们吃汤圆，期盼团圆、美满。人们赏花灯、猜灯谜、耍龙灯、踩高跷、舞狮子、跑旱船，穿梭在大街小巷，熙来攘往，好不热闹。

元宵节也被称为"上元节","众里寻他千百度,蓦然回首,那人却在灯火阑珊处""月上柳梢头,人约黄昏后"等美丽的诗篇,如温软的汤圆,绵甜、深情。

高挑的灯笼,缠绵的细雨,初发的玉兰,悠长的小巷,持伞的背影,叫卖杏花的女儿声……你是否读出离愁别绪?自在飞花轻似梦,无边丝雨细如愁。雨不大,只是不停……

节气小档案

雨水,时间在每年公历2月18日至20日。雨水节气表示降雨的开始。雨水的三候为:一候獭(tǎ)祭鱼;二候鸿雁来;三候草木萌动。这个时节,水獭开始捕鱼,并将捕到的鱼摆在岸边,好似祭祀上天一般;五天之后,候鸟大雁启程,从南方飞回北方;再过五天,草木发芽,大地开始呈现一派欣欣向荣的景象。

惊蛰：欣欣然，睁开了眼

　　北方睡懒觉的小动物睡了长长的一觉，被滚雷惊醒，睁开眼睛，感觉肚子有点儿饿。再看此刻，江南的小麦开始拔节，油菜花招架不住暖阳的邀约，正奔赴一场惊天动地的浪漫约会。大地被装点得如金色大海般灿烂。

　　在北方，桃、杏、梨、李、迎春……商量好似的一个接一个地醒来，鲜花开满枝头，用春水洗掉微寒，用春光涂上胭脂，向春天报到。河岸边土地松软，绿柳如烟。丹顶鹤、大天鹅从南方飞回来了，雨燕飞行上万千米回到了它出生的农庄。雄燕修缮燕舍,用羽毛絮巢布置"家居",制造舒适的环境为求偶做准备。

惊蛰一般在农历二月,农历"二月二"是非常重要的日子,虫子醒了,龙王"抬头"。人们敬龙祈雨,希望龙王保佑新的一年风调雨顺,五谷丰登。人们有吃龙须面、猪头肉和"驴打滚"的习俗,有"害虫死,人翻身"的意思。人们洗发、剪发,俗称"洗龙头""剃喜头",意为"从头开始""出人头地"。这一天,大人们还会让孩子开笔写字,寓意孩子眼明心亮。

天气渐暖,但"倒春寒"还会时不时地杀个"回马枪"。这时风干物燥,人容易上火、咳嗽,所以要多喝白水、绿茶,多食梨、山药、韭菜、百合、蜂蜜、香菇等食物,平和五脏,杀菌健体。虽然渐暖,但也不要早早就脱掉冬装,要记住老话儿"春捂秋冻"。

从今天开始,要注意养生
预防流感和麻疹

戒躁戒怒，早睡早起……

如果还能爱，如果还有泪水，在眼眶里浅浅地噙着

在这一天，都请醒来吧

扭着身体的幼虫，腾起四蹄的小兽

还有——睡得太久的故人

在暗夜，轻轻地翻个身……

这是我以"惊蛰"为题作的一首诗。那些慢慢到来的、缓缓离开的，那些曾经鲜活的人和事物，在这一天，我看见，并想起……

节气小档案

惊蛰，时间在每年公历3月5日至7日。春雷始动，万物复苏。惊蛰的三候为：一候桃始华；二候仓鹒鸣；三候鹰化为鸠（jiū）。这个时节，第一声春雷滚滚，如季节的号令，又如巨人驾驭的辚辚战车自天边隆隆而过，桃花盛开，草长莺飞；五天之后，黄鹂鸣叫不止，开始求偶；再过五天，鹰开始躲起来繁育后代，而原本蛰伏的鸠（布谷鸟）则开始鸣叫求偶。

春分：春天已行至中途

燕，是由"廿、口、北、火"四种意象组合而成。其中，廿，指雏燕从出壳到飞行需要二十天；口，指燕子以口育雏，也指其以呢喃成为报春的使者；北，指一对燕翅；火，似燕尾。燕子的背部多呈灰蓝、黑色，古人也称其为玄鸟。玄鸟司分，意为燕子春分来，秋分去，所以是区分春分、秋分节气的鸟。在我国，玄不仅指灰黑无明的颜色，更是深奥、玄妙的存在状态。老子说："玄之又玄，众妙之门。"

人类居于星球一隅，但思接千路、视通万里。像

蝴蝶效应所言，许多事物并不关涉具体的你，但确实与你有关系。法国作家米什莱其在著作《鸟》中写道："在同一海拔、同一气候下的美国黄鹂知道法国的樱桃熟了，于是便立即动身前来摘我们的果子。人们错误地认为，这迁移行为的发生有它的季节，却没有明确的日子、时期。观察的结果则相反：是一个果断、清醒的决定在起作用，动身时间的早晚不超过一个钟头。"孤独的必将是能说会道的人类，而非一动不动的植物和拍拍翅膀说走就走的鸟类。作为灵长类动物的人类，还需要依赖动物与植物、星象与宇宙，处置自身无法解决的诸多问题。

自周代起，我国就有"春分祭日"的仪式。古代帝王祭日的场所大多设在京郊。北京在元代时就建有日坛，现在北京的日坛建于明代嘉靖九年（1530年）。从2011年春分起，北京日坛复原了于清代以后逐渐消亡、已经中断近百年的"清代祭日大典"。

春分时节，北国大地碧波荡漾，南方已呈现暮春

景象。春已过半，属于你的"果实"还在途中。"是的，春季都需要你。群星/也期待着你去觉察它们。往昔的波涛/向面前涌来，或者正好你走过敞开的窗口/一具提琴向你委身。所有一切都付托于你/可是你能胜任吗？"奥地利诗人里尔克的春天之门，已徐徐打开。

节气小档案

春分，时间在每年公历3月20日至22日。春分即春天的分野，从此北半球白天的时间要长于夜晚。春分的含义有二：这一天既昼夜平分，又是春季的正中。春分的三候为：一候玄鸟至；二候雷乃发声；三候始电。这个时节，燕子飞回了北方；五天之后，下雨时会听到打雷的声音；再过五天，下雨时，打雷之前会先看到闪电。

清明：你看，你看，宽慰的泪……

"清明前后，种瓜种豆。"此刻，多种果树进入花期，争先恐后地穿上多彩的衣裳。在南方，茶树新芽进入生长的旺盛期。

说到清明，人们会想起"清明时节雨纷纷"的诗句。我们悼念亲人，扫墓、献花，满怀思念与悲戚。

我们小的时候，清明却有另外的含意。那时的冬天既寒冷又漫长，到清明时我们才被允许脱掉棉服。

那时候，我们爱玩的游戏是跳皮筋、跳房子、打口袋，厚厚的棉裤严重阻碍了我们飒爽的脚步。棉裤

里衬多是用柔软的旧衣服连缀而成。虽然妈妈是优秀的裁缝，但我们奔跑、打闹的强度总比妈妈的针脚厉害得多，因此，棉裤逃不过一次次被撕裂的命运。我与妈妈"斗智斗勇"，偷偷藏起脱掉的棉裤，却总能被妈妈识破，换来的不是一场感冒就是一顿训斥。我热切地盼着清明，因为那是妈妈认定的我能换上薄线裤的日子。

轻装上阵后，我们的心像大地一般广袤，像蓝天一样高远，荡秋千、拔河、踏青、长跑，总之，我们冲向户外。正是在那样的奔跑中，我们认识了水稻、芦苇、青蛙、蜜蜂、蜻蜓……还一本正经地扛着铁锹去植树。回来的饭桌上也许没有肉、鱼，但我们总能吃得碗底儿朝天。我们对春天的记忆是确切的甜和香，如糯米团子、糍粑，鲜、软、黏，还有草莓、菠萝、海带、小河虾。空气中有微甜的、微腥的气息弥漫，我们馋猫一样闻风而动。

在古代，我国还有一个寒食节。相传，该习俗源

于纪念春秋时期晋国的介之推。介之推曾与晋公子重耳流亡列国，重耳饿昏过去，介之推割自己的肉供重耳充饥，重耳才醒过来。重耳做了国君，也就是晋文公，介之推不求利禄，与母亲归隐绵山。晋文公放火烧山，只是想逼介之推出来并委以重任。但介之推坚决不出山，最终葬身火海。晋文公悲伤地埋葬了介之推，为其修祠立庙祭祀，并下令每年介之推被烧死的那天禁火、寒食，以寄托哀思。此后，便沿袭成为民俗。

节气小档案

清明，时间在每年公历4月4日至6日。冰雪消融，万物欣欣向荣。清明的三候为：一候桐始华；二候田鼠化为鹌；三候虹始见。这个时节，桐花开放；五天之后，田鼠回到了地下洞穴之中，而喜欢阳光的小鸟则多了起来，古人误以为田鼠变成了小鸟；再过五天，在雨后的天空可以看到彩虹。

谷雨：潜滋暗长的梦

雨生百谷。此时雨水增多，正是播种移苗、埯瓜点豆的最佳时机。南方的明前茶、明后茶开始采摘。花红褪去，化作孕育中的果实。茵茵青草、枝间新叶像初生的婴孩，夜夜疯长。

谷雨：潜滋暗长的梦

韦奇伍德是英国 BBC 纪录片解说员，他说地球像个"蓝绿相间的松露"，而催生、滋养这颗诱人"松露"的正是雨水。世界读书日正逢谷雨时节，一些地区便拉开"谷雨诗会"的帷幕。细雨绵绵中人们笑语欢歌，吟诗作画。新绿正鲜，茶馨怡人，鱼翔浅底，白鹭翻飞，说不定哪粒诗的"种子"在暗中便悄悄萌芽了。

谷雨前后，海水变暖，海中的鱼类游到浅海地带，是下海捕鱼的好日子。渔民会举行"开海节"海祭大典，祈望海神保佑渔民出海平安，满载而归。一些地方求雨，为春耕做准备。虽然现代科技可以收获鱼儿满舱，也可以普降甘霖，但人们对自然仍存有虔诚的

敬意，把祝福的目光望向天空。

　　谷雨是春季的最后一个节气，气温快速上升，桑树枝繁叶茂，正是养蚕的好时机。人们开始采桑养蚕了。同时传说，谷雨这天采的茶叶，喝后会清火、辟邪、明目，所以在我国的南方有谷雨当天采茶的习俗，主要为了祈求身体健康。

节气小档案

　　谷雨，时间在每年公历4月19日至21日。谷雨是春季最后一个节气。谷雨的三候为：一候萍始生；二候鸣鸠拂其羽；三候戴胜降于桑。这个时节，池塘中浮萍开始生长；五天之后，布谷鸟飞来飞去催促着"阿公阿婆，割麦种禾"；再过五天，戴胜鸟在桑树安家，人们就开始采桑养蚕了。

夏

初夏像可爱的小兽紧闭双眼

在晨间弥散的雾霭中

舔着同伴湿漉漉的皮毛

它认为:那是第一顿

甜味的早餐

立夏：小荷尖尖，荷叶田田

在古代，人们非常重视立夏的礼俗。周朝时，为表达对丰收的祈望和祝福，立夏那天，君臣要穿上朱色礼服，佩戴朱色玉佩，骑上朱色的马匹，车旗浩浩荡荡。帝王亲自率领文武百官到郊外，像迎接尊贵的客人那样把"夏天"迎回来。宫廷中还有"立夏日启冰，赐文武大臣"的习俗。那时没有冰箱，冰是前一年的冬天贮藏的，立夏当天由皇帝赐给百官饮食。

在北方，这时迎来了插秧季节。而江浙一带因明媚春光就要过去，人们难免有惜春之感，因此常常备

立夏：小荷尖尖，荷叶田田

酒食像送亲朋一样举行饯春宴。立夏还有吃立夏饭的习俗——立夏饭多是由笋丁、豌豆、蚕豆、鲜肉、香菇等食材炒出，意为用美味报答丰收。立夏还有尝新、尝鲜的习俗——地三鲜为蚕豆、苋菜、黄瓜；树三鲜为樱桃、枇杷、杏子；水三鲜为海蛳、河豚、黄鱼。

在立夏，孩子们还有挂彩蛋的习俗。"立夏胸挂蛋，孩子不疰夏"，大人们以挂彩蛋祈望孩子们不会腹胀厌食，乏力消瘦，保佑小孩平安度过夏天。立夏还有称人的习俗。吃罢午饭，人们会在村口或台门里挂起一杆大木秤，秤钩上悬着凳子或篓子，大家轮流坐到上面称重。

立夏：小荷尖尖，荷叶田田

司秤人一面打秤一面说着吉利话。这也有希望人们不怕炎热消瘦、防止病灾缠身之意。

这时，人们容易倦怠，所以要多喝水和苦丁茶，多吃苦味果蔬——苦味食物具有清热、解毒、祛暑的功效。夏天开始，人们要养成午睡的习惯。"梅子留酸软齿牙，芭蕉分绿与窗纱。日长睡起无情思，闲看儿童捉柳花。"这是宋代诗人杨万里《闲居初夏午睡起》描绘的夏初画面。他的另一首诗《小池》同样为我们留住了夏日的美妙时光："泉眼无声惜细流，树阴照水爱晴柔。小荷才露尖尖角，早有蜻蜓立上头。"

节气小档案

立夏，时间在每年公历5月5日至7日。立夏是夏天的开始，表示大地告别春天，迎来夏季。立夏的三候为：一候蝼蝈鸣；二候蚯蚓出；三候王瓜生。这个时节，蝼蛄、蝈蝈开始鸣叫；五天之后，天气变热，可以看到蚯蚓松土；再过五天，王瓜的藤蔓快速攀爬。

小满:我的名字叫"小满"

小满雀来全。丹顶鹤、黑嘴鸥、大天鹅、东方白鹳、白琵鹭、白鹭、鸳鸯、大杜鹃、东方大苇莺、中华秋沙鸭、黑翅长脚鹬(yù)、凤头麦鸡、戴胜、翠鸟、震旦鸦雀、太平鸟、中华攀雀、小黄莺、黄鹂……组成了一支悦耳动听的合唱团。田野、森林、庭院,处处成为鸟雀欢歌的赛场。这是我身居的辽河口湿地,鸟语花香的时节来了!

不是有歌曲唱"五月的鲜花开遍了原野"吗?再来看看盛大、纷呈的花事吧:槐花、蔷薇、绣线菊、

碧冬茄、牡丹、芍药、栀子、玫瑰、白玉堂、打碗花、爆竹花、马莲、蜀葵、蒲公英……这是我在小区里找到并认识的花卉。树呢，杨、柳、榆、柏、槐、枫、火炬、苹果、梨、杏、山楂、葡萄、桑葚、槭、迎春、丁香……看到它们，我的心一下就软了。花花草草的美丽世界，让我这份钟爱草木的情感不知如何表达。

忽然记起小时候的趣事。榆钱儿本是榆树的种子，因外形薄而圆极像铜钱而得名。一天放学后，我和几个小伙伴发现护城河堤下的榆树上有刚刚长出来的榆钱儿，便丢下书包，欢呼着上树。我们每人抱着一棵树，像撸羊肉串一样，吃得那个过瘾哪！榆钱儿软软的、甜甜的，我饱餐了一顿，却不知道还有另一顿"饱餐"等着我：因爬树磨破了裤子，我被妈妈狠

狠地教训了一顿。

不知你是否注意到,二十四节气中有小暑和大暑、小雪和大雪,有小满却无大满。说明什么?小满即安,小小的满足便是大大的幸福。葡萄牙诗人罗萨说:"我所认识的天使,伫立在青草和寂静之中……爱大自然的人都是好人。"

爱大自然吧!不做后悔的事,那是成为一个好人必不可少的品质。

节气小档案

小满,时间在每年公历5月20日至22日。夏熟作物的籽粒开始灌浆,但还未完全成熟。人体生理活动消耗物质,此时为二十四节气之最。小满的三候为:一候苦菜秀;二候靡草死;三候麦秋至。这个时节,苦菜的枝叶已经非常繁茂;五天之后,喜阴的枝条、细软的草类在强光下渐渐枯死;再过五天,夏麦成熟,就可以收获了。

芒种：欢腾的大地之歌

我们国家的耕地面积仅占世界的 7%，却要养活全球 20% 的人口。土地对我们意味着什么？适当的时令，适量的雨水，适时的耕作，是上天的给予，也是像父母一样的土地无言的奉献。当我们坐在蔷薇盛开的栅栏门前，体会"开轩面场圃，把酒话桑麻"的意境之时，是否会想到，它们的"无言"是多么可贵的品质。

芒种前后将迎来端午节。端午节的起源本是古代百越地区崇拜龙图腾的部族举行祭祀的节日，后因纪念诗人屈原抱石沉江而沿袭下来。端午节又称午日节、五月节、龙舟节、浴兰节、女儿节、夏节、端阳午等。

"清明插柳，端午插艾。"端午节前夕，家家户户洒扫庭院，碧绿的艾叶、草蒲插于门楣、悬于堂中，可以起到抗毒、消滞、杀菌、驱瘴的作用。在这一日，成年人要喝雄黄酒去秽、避邪。孩子们五月初一清晨还没睡醒，就听见妈妈轻声呼唤："戴五彩线喽！"扭好的五彩线被称为"长命缕"，松松地系于孩子的手腕、脚腕上，再把装有多种中草药的香囊、荷包挂在孩子胸前。端午节还有赛龙舟、吃粽子、挂钟馗、熏苍术、驱五毒等习俗，这一天我国不同的地区以各自的方式举行各种活动。

此时，江南地区石榴花开，木槿旺盛，虽然梅子还没熟透，但可以煮梅子、

脆脆梅、酿梅酒了。端午节最重要的习俗是吃粽子。都叫粽子，"内容"却千差万别：大枣、鸭肉、叉烧、蛋黄、香菇、酸菜、什锦、火腿、栗子、鸡丁……真想不出还有什么食材不能入馅儿。粽子的米香，艾叶的苦香，草蒲、芦苇的清香，白芷、川芎、芩草等中草药的药香，雄黄酒、梅子酒的酒香都是芒种时节的特色。如果说节气有自己的属性，那么我细细品味着芒种的味道：已成熟的，有成熟的滋味；新生的，有新生的力量；行至中途的，化叶为果的，兼具对过往和未来的守望。这一切，正是土地和生活给予我们的无私馈赠。

我炉灶安稳，屋顶密实
可是里面毫无欢乐
我把所有的网补全
我收拾厨房和卧室

我坐下，在海滩等候

我托着脑袋思忖：

我这一天有何意义

假如没有那金发的孩子？

这是德国诗人格奥尔格《海之歌》中的诗句。对于孩子来说，芒种前，也是他们最快乐的日子，因为有六一国际儿童节。

节气小档案

芒种，时间在每年公历6月5日至7日。芒种是"忙种"的谐音。"芒"指大麦、小麦等有"芒"的作物开始成熟，抢收；"种"指晚谷、黍、稷等作物开始播种。芒种的三候为：一候螳螂生；二候鹎（jú）始鸣；三候反舌无声。这个时节，螳螂在上一年的深秋产下的卵破壳出生小螳螂；五天之后，伯劳鸟开始在枝头鸣叫；再过五天，擅长学习其他鸟鸣叫、已聒噪数月的反舌鸟感到阴气，停止鸣叫。

夏至：荷的心情

此时，"接天莲叶无穷碧，映日荷花别样红"的景致随处可见。林木婆娑，燕语莺声，江淮一带进入梅雨季节，农作物进入生长旺盛的时期。

公元前7世纪，先人采用土圭测日影的方法确定了夏至。从天文学的角度来说，夏至是太阳直射地面位置的转折点。

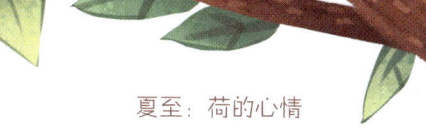

夏至：荷的心情

这天过后，阳光直射点开始从北回归线向南移动，我国所处的北半球阳光照射最多且达到极限——白天最长，夜晚最短。最北端的漠河昼长17小时，最长；最南边的曾母暗沙昼长12小时，最短；北京昼长15小时。这日在北回归线上的地区将出现短暂的"立竿无影"的景象。阳光下，人们看到的自己的影子也是一年中最短的。天气晴好时，在没有灯光的郊外可以清晰地看到神奇的夏季星空。

这一天，新疆巴尔鲁克山在等待一场盛大的花事。一夜之间，番红花就会由黄变红，因此要早起采花，及时剥丝，80～100克的番红花才能剥出1克丝，且要经过烘干，否则不能入药。

这一天，麦收作为节日纳入古老的祭神礼典，人们庆祝丰收，祭祀祖先，以祈求消灾丰年。

这一天要吃面。俗话说"吃过夏至面，一天短

一线"。所以不论是宽面还是窄面,热面还是凉面,"老字号"还是"新品牌",根据不同的口味和习俗,选择自己喜欢的"面"就是了。与此同时,酸梅汤、绿豆汤也成为不可或缺的饮品主角。

2007年6月22日,中国民间环保组织"自然之友"首次举办"夏至关灯活动"。活动的三大诉求为:随手关灯、冷气设定为26摄氏度、错过峰时才用大型家电。在美丽的夏夜,关掉电视,放下手机,让我们感受微风、浅闻清香……他们仍在原地等你,只是你飞跑的脚步不肯停一停。来吧,吹吹晚风,嗅嗅花香,听听蛙鸣,数数星星。这虽只是民间环保组织的一个倡议，但也是在引导人们选择绿色出行、爱护环境、亲近自然、敞开心扉的一种生活方式。诗人顾城说："草在结它的种子，风在摇它的叶子。我们站着，不说话，就十分美好。"

这一天，我们读："江南可采莲，莲叶何田田，鱼戏莲叶间……"那些关于夏至未至的故事已成往事，在风中流传……

节气小档案

夏至，时间在每年公历6月21日至22日。这一天太阳直射地面的位置达到一年最北端，白天最长，太阳在北半球上投下的影子最短，所以称为"夏至（至是顶点、极点的意思）"。夏至表示炎热的夏天到了。夏至的三候为：一候鹿角解；二候蜩（tiáo）始鸣；三候半夏生。这个时节，鹿角开始脱落，鹿角每年都会生长，并在夏至前后脱落；五天之后，雄性知了开始鸣叫；再过五天，喜阴的中草药半夏开始生发。

小暑：知了，知了，你别叫

小时候，在暑热难耐的夏天吃过午饭，我会被奶奶按在卸下的半爿门板上睡午觉。门板放在堂屋的过道上，南北对流的微风让我感觉非常舒服，奶奶还会坐在旁边不紧不慢地为我摇着蒲扇。房前屋后被强光烤灼的蔬菜、秧苗蔫巴巴的，小鸡一声不吭地打着盹儿，小狗吐着舌头。只有院子里大柳树上的蝉"知了、知了"没命地叫，使本来炎热的天气又燥了几分。

蝉鸣不是因为饿，也不是因为热，而是雄蝉为了吸引雌蝉的注意。但是，它们并不能听见自己的歌声。奇怪吧？雄蝉的发音器，像腹肌部位蒙上了大鼓，"鼓膜"振动发声。雄蝉的鸣肌每秒伸缩约万次，盖板和鼓膜空的部分起到共鸣作用，所以鸣声响亮。看来雄蝉是创作型歌手，会创作不同节拍的曲子。而雌蝉的"乐器"构造不完全，是哑巴蝉。

蝉口渴、饥饿时，会把坚硬的口器插入树干，吮吸大量汁液以延长寿命，所以它们对树来说不是好东西。在长成成体前，蝉在土里成长，然后慢慢掏洞上树。夜深人静时，你在梦乡遨游，蝉却趴在树干上做大事：脱壳，生出翅膀。你一定会联想到一个成语叫"金蝉脱壳"吧。

小暑是人体阳气最旺盛时期，因此要注意劳逸结合，保护阳气。在小暑与大暑之间，将进入夏季的三伏天。俗话说"头伏饺子二伏面，三伏烙饼摊鸡蛋"，暑气渐旺，人们容易食欲不振，即"苦夏"，吃饺子既开胃又解馋。山东有的地方，人们在入伏

小暑：知了，知了，你别叫

的早晨要吃鸡蛋，徐州入伏则要吃羊肉。不同地区，有不同的饮食风俗，归根结底，遵循的都是中医因时制宜的养生原则——春夏养阳。

节气小档案

小暑，时间在每年公历7月6日至8日。小暑与大暑之间进入头伏。小暑的三候为：一候温风至；二候蟋蟀居宇；三候鹰始鸷。这个时节，大地不再有一丝凉风，所以风中都带有热浪；五天之后，由于炎热，蟋蟀躲到庭院墙角避暑；再过五天，老鹰因为地面气温太高而飞到清凉的空中活动。

大暑：星星点灯

　　我国民间所称的"三伏"即"初伏""中伏""末伏"，"伏"意为天气太热了，宜"伏"不宜"动"。"中伏"气温最高，而大暑一般在"中伏"前后，因此大暑为一年中最热的时节。此时，南方频繁出现雷暴、台风等极端天气，北方则高温、溽热。人们喝伏茶、羊汤，吃西瓜、冷面，找各种办法防暑降温、养生保健，以便顺利度过湿热难耐的日子。在我家小区中，常见一些老人摇着蒲扇，眼望天空喃喃自语："这雨憋得太久了，要是下点儿雨能凉快凉快！"有时话

音未落,一场瓢泼大雨便倾泻而下……

"小暑雨如银,大暑雨如金。"这时,不仅湿热、高温,降雨量也比其他月份明显增多,这对于植物来说再好不过了。它们晒足太阳,喝饱水,一个劲儿地猛长。如果你家有小植物园,你不妨仔细观察一下。如果没有,观察一下小区里的花花草草也会让你惊诧:黄瓜秧、倭瓜秧,牵牛花、美人蕉的花枝,可能一夜之间就长高一大截,仿佛它们在夜里被施了魔法。"大暑连天阴,遍地出黄金"说的就是此时雨水对于农作物的重要作用。

这时候,孩子们放暑假了。暑假是另一个课堂,比书本更生动、更有趣。离开教室约束的孩子们纷纷出游,去沙漠、草原,去乡下奶奶、姥姥家,或者与家长一起去郊外钓鱼、玩水、撒野,听虫鸣、望星空。如果能与其他小朋友一起出游,就更美了。说不定某次愉快的假日出行,不经意间便成为他们终生难忘的美好记忆。是的,入夜,风轻云淡,星光灿烂,这不仪让孩子们难忘，也让大人们回到童年。

已经过去十几年了，但我仍然记得，那一次，我们在辽河岸边，像初识人生的少年望向深邃的天幕，指点着：这是北斗星，那是北极星……说着久远的往事，回忆我们纯真的童年，像小时候躺在稻草垛里讲故事、数星星那样有趣。在大堤上，我们手拉着手奔跑，把所有能想起的歌儿都唱一遍，哪怕唱得乱七八糟，一点儿也不整齐。

我们到达河边小广场时，一群人正在收拾音响、板凳和空酒瓶。不远处，白色的大银幕上正播放着被风吹皱的黑白电影。月光的清辉被高处的枝叶阻挡，滤下斑驳的光影，让人凭空生出些许离愁。时光如可望而不可即的星空，我们再见将是何年？四人中，既有千里之外第一次谋面的新朋友，也有近在咫尺但或许几年也见不上一面的老朋友。这有什么关系？时光依赖于广阔的场域才有记忆的价值，美好的回忆将永存。诗人说："星辰都是一团旧火，而更新的火焰在熄灭。"星辰的品质与念旧的人有着同样的属性。它们像隐约的灯盏，一闪一闪便生出意义和思想，却低低地覆盖了你，如一场白亮的大雨，使周身从外而内地清洌、舒爽。好吧，不管你走出多远、多久，愿归时仍是那个星空下数星星的纯真少年。

当暑热达到峰值，便开始了消退之路。大雨使暑热减弱，季节也将从夏天过渡到秋天。一个孩童如一棵小树悄悄长大了——在开学之前的某个清晨，正在整理衣服的妈妈失声叫出来不是因为害怕，而是因为惊喜："你的校服'捉襟见肘'，已经装不下你了……"

节气小档案

大暑，时间在每年公历7月22日至24日。大暑是夏天最后一个节气，是我国各地一年中最热的时节。大暑的三候为：一候腐草为萤；二候土润溽暑；三候大雨时行。这个时节，萤火虫在枯草上产卵，夜晚有很多萤火虫飞来飞去；五天之后，天气更加潮湿闷热；再过五天，时常有大雷雨出现，这大雷雨使暑湿减弱，天气开始向秋天过渡。

秋

正是，我喜爱的秋天

柠檬的横截面，桃子的毛细血管

配得上微微的痒、慈祥的光

立秋：云朵中的小火车

虽暑热不会立即消散，但早晚温差逐渐加大。上中学时，地理课本上写道："早穿棉，午穿纱，围着火炉吃西瓜。"说的虽是新疆，但北方的立秋大约也

是如此。刚结婚时，我和妻子居住的一楼老屋的水泥地面，整个夏天都湿漉漉的，但立秋那天便会干爽，像被施了魔法一般。我盼望立秋，比盼吃饺子还急切。

立秋时，其实还没到真正意义上的秋天——气象专家说："连续五天日均气温低于22摄氏度方可断为入秋。"而妈妈常说："立秋别欢气，还有四十天热天气。"小时候，我们只能吃着井水泡的西瓜，或把自己泡在村东头的池塘里，才能消减暑热。

关于立秋，我的记忆是特别的。记不得是哪年的立秋，我和同学小敬坐在大树下的长凳上吃西瓜。秋风吹拂，水晶珠帘随微风颇有韵律地荡来荡去，午后的阳光透过花草的罅隙洒下浓淡不同的阴影。吃完西瓜，我觉得不过瘾，便进屋站在炕沿儿上，把手探进房顶挂钩上吊着的柳条篮子里，里面装的不再是妈

立秋：云朵中的小火车

妈为午饭预留的胡萝卜、西红柿，而是咬一口满嘴溢汁的脆皮鸭梨！那是我家富裕生活的开始。那时，饭桌上少有荤腥，院落里的黄瓜、茄子也不能随随便便成为我们的零食。妈妈怕饭桌上没菜佐饭，想把食物储存得更久些，只能把食物吊起来，即使我们站在凳子上够不到。现在，立秋"贴秋膘"，倒想不起鱼肉，只想黄瓜当减肥餐了。

一叶知秋。凉风一夜至，满阶梧桐月明中。宋朝时，宫内要把栽在盆里的梧桐移到殿里。时辰一到，太史官高喊："秋来了！"梧桐叶应声落下一两

片以报秋之意。当你听到"秋天来了"的时候,心中是否有隐隐的愁绪、淡淡的哀伤?那感觉,正是古诗词的意境:"秋风秋雨愁煞人""才下眉头,却上心头"。而黄昏的一场太阳雨,此起彼伏的蛙鸣,塑料凉鞋噼啪跑过石板小路的杂沓,急切呼喊小伙伴的稚嫩童声……那一切,一直回旋在记忆中的童年,像云朵中的小火车,来来回回地不肯停驻……

节气小档案

立秋,时间在每年公历8月7日至9日。立秋表示秋天来临,果实成熟。立秋的三候为:一候凉风至;二候白露降;三候寒蝉鸣。这个时节,白天虽暑热不减,但清晨、夜晚刮来的凉风使昼夜温差变大;五天之后,清晨的植物上会凝有晶莹的露珠;再过五天,寒蝉开始鸣叫,好像在说夏天就要过去。

处暑：悲欣交集的夜色中

处暑时节，长江以北气温逐渐下降，但长夏未尽，"秋老虎"还张狂着呢。此时，秋色正好，秋意正浓，田园的丰富如青春的少年，葳蕤、蓬勃，最后的成熟、丰硕正当时，孩子们满世界地漫游与狂欢正当时。而事物的另一面，繁华与盛景已攀至"抛物线"顶端，缓一口气，坐上秋风的"滑梯"，时刻准备着冲向季节的谷底……

这时，天空中的云彩尽显万种风情，因此，民间素有"七月八月看巧云"的说法。如果愿意，你可以

选一个晴朗的日子，看看沸腾翻卷的云朵，多像魔法师的杰作：是奔驰的天马，还是奋飞的雄鹰；是连绵起伏的雪山，还是童话中的水晶宫殿；是可爱的小羊，还是故去的亲人。现实与梦境，过去与未来，人间与天堂，实用的物质与超拔的精神，美丽的传说与人间的真情，同时相会。七月初七牛郎织女"七夕会"，农历七月十五"中元节"也在处暑前后。人们望着天空璀璨的银河，祝福相亲相爱的人，再去地上之河，放开小小河灯，让它们顺水而下，随波逐流，捎去对逝者的思念。

此时也到了鱼虾收获的季节，沿海地区的很多地方会举行"开渔节"。在夏的辛勤劳作之后，人们尽情享用海洋的赠予。

人生一世，草木一秋。听起来是不是有点儿伤感？下意识地，会想起马致远的"断肠人在天涯"，想起弘一法师的"晚风拂柳笛声残，夕阳山外山"。繁华与萧索陆续登场，到底选哪种，随你！

悲秋伤神。"秋乏"来临，如高速运转的庞大机组，人体经过春的破土、夏的生发，逐渐呈现出"亏空"状态，迫切需要给养和滋补。所以，清淡的饮食、安稳的睡眠、恬淡的心情、星月夜下的诵读，与舒爽的秋风一样，正是身体和心灵所需。

节气小档案

处暑，时间在每年公历8月22日至24日。处暑表示炎热的夏天即将过去，天气将变得凉爽了。处暑的三候为：一候鹰乃祭鸟；二候天地始肃；三候禾乃登。这个时节，鹰开始大量捕猎鸟类，吃不完的猎物摆在一起，好像在祭祀上天；五天之后，天地万物开始凋零；再过五天，农作物陆续成熟。

白露：不是告别

新旧更替，爱恨交织。石榴挂枝，白棉满缀。在南方，人们开始喝白露茶，酿白露米酒、桂花酒。从清晨的芭蕉叶上收集露水，在枝上摘下沁香的桂花—窖藏—等待。想想都很美好。

这个时节与乡野那么匹配，只有忙碌

与闲散交织的乡俗、乡情体现着金秋特有的韵味。

在我国,从古至今有很多关于秋思与秋恋的动人之作。"蒹葭苍苍,白露为霜。所谓伊人,在水一方。"这便是《诗经》中脍炙人口的名篇《蒹葭》。惆怅与苦闷,别离与想念,一波三折,一咏三叹。与之相比,已故作家苇岸的情怀更加通达、坦然。他在《大地上的事情》中写道:"天空布满灰色的层云。油葫芦鸣声一片,一种像轻吹哨子的声音。蝉已哑了,它们在草丛中代替了蝉的声音。没有虫鸣的秋天是无生命的。草的种子仍在孕育。树叶已有早凋。"此时,人类的情感易感而敏锐,却充满了智者对人生、世事的深刻体察与感悟。

轻轻念一句"露从今夜白,月是故乡明",心会分外澄明。

"白露秋风夜,一夜凉一夜。"再不能赤膊裸体了,否则会着凉。天干物燥,敏感的身体温润,易感的心灵需要清静,人生需要不断地再见与重逢。

节气小档案

白露,时间在每年公历9月7日至9日。太阳直射点继续南移,昼夜温差变大,夜晚水汽凝结,清晨会在地面、草叶上发现晶莹的露珠。白露的三候为:一候鸿雁来;二候玄鸟归;三候群鸟养羞。这个时节,大雁等候鸟开始往南飞;五天之后,燕子也飞向南方;再过五天,不迁徙的鸟开始贮存越冬食物。

秋分：丹桂飘香的无数夜晚

"春种一粒粟，秋收万颗子。"收获的时节到了！鱼鲜蟹肥，瓜熟果香，人欢马跃，盆满钵流。田野上弥散着成熟的香气：稻谷的香、瓜果的香、菜蔬的香……无边的田畴像五颜六色的华美锦缎、画家绘就的迷人画卷。大地像孕育过后欣喜的母亲，献出珍珠玛瑙、珍馐美馔。你看：葡萄眼含秋水，柿子灯笼高挑，桂花幽香萦回，荷塘藕断丝连……

小时候，我喜欢被夜半脱谷回来的爷爷叫醒，喜欢他递过来的坑坑包包的铝皮饭盒，饭盒里有大米锅

巴——那是爷爷加班省下来的夜餐。那个凶巴巴的爷爷呀，我能记住的他的好，大约不会有更多了。那时的我嚼一块大米锅巴再入梦，连梦都弥漫着米香。

秋水长天，秋高气爽。这是秋天最美好、最宜人的时节，适合登高望远或者远足。中秋节和国庆节如期而至，更渲染了欢乐的气氛。中秋节，我国民间自古便有祭月、赏花、吃月饼、燃灯、观潮、竖蛋等习俗。在我的家乡盘锦，有"秋风起，蟹脚痒"的说法。红海滩正红，稻米节开幕。开幕词里一般会有这样一句：正当稻香蟹肥之际，我们迎来了属于自己的传统节日……

双节遇到一起就是双倍的喜庆与吉祥。在皎洁的满月下，家人摆上鲜润的瓜果、圆圆的月饼，把酒临风，畅叙亲情。人们或朗声大笑，或温言软语，诉说着回忆、年景、前程，以此寄托思念，感恩丰收，祝福团圆，祈祷安康。宋朝文学家苏轼正是在此情境下，欢饮达旦，怀念子由，留下千古名篇"但愿人长久，

千里共婵娟"。

"八月雁门开,雁儿脚下带霜来。"在东北地区,秋分见霜不足为奇。大自然用另一种语言告诉你:要收养、隐居、避让。农人收起耕作工具,修缮房屋。这时体弱的人容易感冒、咳嗽,要多加注意。

我迷恋一切优美而沉实的文字,就像迷恋泥土、稻谷和乡野,借此才能找到我的出处和归途——这种"病",终生无药可医。

节气小档案

秋分,时间在每年公历9月22日至24日。秋分即秋天的分野,从此之后开始昼短夜长。秋分的含义有二:这一天既昼夜平分,又是秋季的正中。秋分的三候为:一候雷始收声;二候蛰虫坯户;三候水始涸。这个时节,下雨时,不再打雷;五天之后,昆虫开始挖洞贮存食物;再过五天,降雨量开始减少,由于天气干燥,江河水位逐渐下降。

寒露：山谷里的野菊花

"朝饮木兰之坠露兮，夕餐秋菊之落英。"此时，摘花、打豆。麦田新绿初绽，山楂挂满枝丫。山间霜结，水边雾漫，仿若换了人间。黄栌、乌桕、丹枫，万山红遍，层林尽染，正应了"霜叶红于二月花"的意境。

寒露前后有时候恰逢重阳节。九九与"久久"同音，

有长久、长寿之意。这一天,王维的"每逢佳节倍思亲"是人们提及最多的。人们登高、远游,插茱萸、品黄酒、赏菊花、吃重阳糕、放风筝,以期避恶驱灾,祝福平安。

大小公园、景区,如火如荼的菊花展盛况空前,红似火焰,银如白雪,黄若佛光,紫胜烟霞。某年去开封参会恰逢花展,神态各异的菊花组成整齐的文字、图案,美不胜收!但因过于规矩,我总觉得缺点儿什么,是什么呢?

当我想到陶渊明的"采菊东篱下"时终于明白,菊花是花中隐士,它的幽静之美需要隐在东篱下、深谷底、断崖峭壁的缝隙里,迎日出送夕照,沐风雨顶严霜。它们在红尘马嘶的栈道旁,在长亭短亭的送别中。就像多年前在祖山峡谷中我迷了路,

最后被一条崎岖的缀满野菊花的小径引上正途。我不能确认自己是否喜欢菊花,但我喜欢那个"野"字,喜欢它们与水墨山河在前路上的不期而遇。

节气小档案

寒露,时间在每年公历10月7日至9日。寒露过后雨季结束,北方冷空气已有一定势力,预示着气候将从凉爽过渡到寒冷。寒露的三候为:一候鸿雁来宾;二候雀入大水为蛤;三候菊有黄华。这个时节,鸿雁南迁;五天之后,雀鸟都不见了,海边却出现很多蛤蜊,古人误以为雀鸟变成了蛤蜊;再过五天,菊花盛开怒放。

霜降：庭院里，那棵高大的柿子树

到了霜降节气，黄河流域已现白霜，千里沃野亮白如银。众山硬朗，百草衰微，飞禽走兽各取所需。看过纪录片《本草中国》，此刻，河南焦作的铁棍山药开始收获，经霜的秋桑才可以煮茶，桑叶用土法煮 48 小时后翻晒、入药。我们和植物与时间同在，各安宿命。但尚有植物与节气之间的诸多秘密并不为人知晓。

"一年补透透，不如补霜降。"霜降时要多吃柿子和一些补品。柿子不仅可以清热、润肺，还能强筋骨、润嘴唇。10 月 20 日为世界骨质疏松日，是不是很应景?

当枫叶红了的时候,当柿子熟了的时候……每当想起这些,眼前会忽然明亮,冥想中的画面陡然生动,如俄罗斯的忧郁,如河面上的晨雾弥漫。"黄金在天上舞蹈,命令我歌唱。"俄罗斯诗人曼德尔施塔姆将暮秋的万千景象浓缩成一个意象,如小小的秤砣,把秋天的重量瞬间称了下来。

第一次见到柿子树是在宋庄。我和两位女诗友于深夜到达诗人魏克、潘漠子的大院,饥肠辘辘时第一眼看到的总是食物,那时它还没有出场,沸腾的火锅和喧哗的人声抢占了先机。虽然多数诗友是第一次见面,但啤酒、嗨歌、诗人孩子般的天性,使羞怯和拘谨霎时散去。

次日清晨,诗友们还在熟睡,我悄悄推开房门,清冷的空气刚好荡涤浊夜。哦,我的目光准确地落在庭院里那棵高大的柿子树上。叶片虽已稀疏,但恰好使小小的灯笼般的柿子清晰可见。晨光洒在它

橘红的皮肤上,衬以蓝天的照拂,似有神明般的昭示。碧空,旭日,果蔬,犬吠,残酒,余烬,昨夜与今晨,人间与天堂。我痴痴地望着它竟然心动,仿佛那次前往,就是为了印证冥冥中的约定。

九年后,当我日夜牵系着一个人,我把它移植到诗里,代替我思与想、爱与恨。如今,它是否依然默默等在原地,哪怕欢聚的人群早已四散……

节气小档案

霜降,时间在每年公历10月22日至24日。霜降是秋季最后一个节气,露水凝结成霜意味冬天就要来临了。霜降的三候为:一候豺乃祭兽;二候草木黄落;三候蛰虫咸俯。这个时节,豺狼开始大量捕获猎物,吃不完的猎物摆在一起,好似祭天地、祭秋;五天之后,大地上草木凋敝、秋风萧瑟;再过五天,虫子都回到洞中开始冬眠。

冬

雪花儿旋舞

童话的城堡中,灯火交错

乐音,细如微风,星子飞驰

在这个安谧的夜晚

我看见,青年的我临窗独坐

少年的我,如雪花般轻盈、洁白

发散着淡蓝色的光

立冬：没有吃到橘子瓣儿软糖

冬的本意是终结，是先民结绳记事的绳结。会针线的人在线两端打上结，即冬的形象。在民间，立冬有祭祖、卜岁的习俗，祈求上天赐予五谷丰登的来年。"立冬补冬，补嘴空。"劳作一年的人们犒劳自己：南方多以鸡鸭鱼肉为食材；北方吃饺子，即"交子"，表示秋冬之交来临。寒

立冬:没有吃到橘子瓣儿软糖

风乍起,万物凋零,自然的萧索使人们聚拢庭堂,觥筹交错,围炉夜话。煨在炉中的羊汤沸腾,香气四溢,使人们劳顿、倦怠的身心得到慰藉。

据史书记载,汉魏时期的立冬日,天子要亲率群臣设祭坛举行迎冬大礼。祭祀结束,天子会奖赏为国捐躯者,抚恤他们的家小,鼓励民众抵御外敌的侵袭。

恍然记起上小学时的一件趣事,是一年级还是二年级,竟忘了。我和小霞、小丽在同一个课后学习小组。那时的寒假,除了完成假期作业之外,还要做一两件好事。一天放学后,我们在新华书店里转来转去,我的手心里汗津津地攥着我们共同的财产,到底是几毛钱我也忘了,但牢牢记得的是我们的犹豫不决。一直到书店关门前的一分钟,我

立冬：没有吃到橘子瓣儿软糖

们才选好中意的年画，准备把它送给方大爷。

方大爷的儿子在抗美援朝战场上牺牲了，他家大门上镶着窄窄的一块红字小铝牌——光荣之家革命烈士家属。那天，我们欢天喜地地往方大爷家跑去，却被忽然闪现的题目绊住了——买完年画后还剩二分钱，三个人怎么分？最后，还是小霞有了主意。

敲门，说明来意，进屋。我们把年画郑重地交给方大爷。方大爷一边感谢一边打开年画，我们仨忽然掉头，挤挤挨挨地往大门外跑。

"怎么还有二分钱？孩子们，你们落下钱了！"我们都听到硬币落在水泥地面上的声音了，但我们谁也没回头，一边跑一边笑，并为这绝妙的想法和潇洒的做派得意。

那时候，二分钱可以买两小袋橘子瓣儿软糖。

虽然软糖上闪着甜甜的糖精,但我们小小的脑瓜儿还没学会除不尽的除法怎么算。或者说,我们这样做,心里比吃了糖还甜。

节气小档案

立冬,时间在每年公历11月7日至8日。立冬意味着冬季开始。冬天来临之前,人们把成熟的粮食和蔬菜瓜果收进仓库,准备在冬天食用,许多动物准备冬眠。立冬的三候为:一候水始冰;二候地始冻;三候雉入大水为蜃。这个时节,水冻结成冰;五天之后,土地开始冻结;再过五天,野鸡一类的大鸟都不见了,而海边却可以看到外表与野鸡的线条及颜色相似的大蛤,古人以为雉到立冬变成了水中大蛤。

小雪:你是一个女孩儿吗

小雪封地,大雪封河。此时,地还没有冻透,还需要西伯利亚寒流帮它下几次决心。北方人开始做越冬的准备:封鱼塘、修剪果树、捆扎草编。农家人开始做香肠、腊肉,以备春节享用。在骤冷的天气里,他们喝粥、吃羊肉,滋养身体,以增强体力。

记忆中,似乎有许多叫小雪的女孩儿,或圆圆的脸庞,或白白的皮肤,或瘦瘦的腰身,或细细的脖颈儿。她们喜欢白纱裙,喜欢在镁光灯下踮起脚,喜欢把小巧的鼻子压在玻璃窗上数雪花。耳边回响着妈妈的话:

"那天清晨哪,天空就开始落雪了。小雪花飘哇飘,飘哇飘,像大自然送给人间的请柬。不久,你就出生了。我对你爸说:'我的宝贝女儿,嗯,就叫她小雪吧!'"

我身边的小雪,有一个是三年级的小姑娘,每天放学后她都要去少年宫上舞蹈课。还有一个做了妈妈的小雪,她有健康的女儿,又去福利院领养了一个患自闭症小女孩儿。第三个小雪我认识又不认识,这话听起来有点儿不对劲儿。那时,我是二年级"小豆包"。星期日的早晨,我一边写作业一边听收音机,收音机里播的是根据真人真事改编的广播剧。

小雪是高年级的学生,她像我一样正在家里写作业,忽然听到邻居家传来孩子的哭喊声。她冲出家门,只见邻居的房门紧锁,两个比她还小的孩子被困在浓烟中。邻居家着火了!她喊叫着,却无人应答。这时不知哪来的力气,她抄起院子里的铁锹凿开玻璃窗就冲了进去。烟雾太浓了,她救出两个小孩,却没能救出自己。她像一片薄薄的雪花,融化在地上……

音乐用了什么乐器,怎么那么揪心?那个阳光明媚的早晨,我本想听相声开心,却被小雪吸引进来。奇怪,我怎么看不清作业本上的字了?摸一把脸,全是泪……

小雪不是女孩儿,也不是我的同桌

小雪,是天空的白翎

那么胆怯,像害羞的天鹅

小雪花是六瓣的

镶着白蜡的花边儿

一瓣是风车,一路追着风

一瓣是松针,痒得你咯咯笑出声

一瓣是鹿角,在山林中穿行

一瓣是冰糖,舌尖上不肯醒来的梦

一瓣是星星,银河里漂游的灯

小雪:你是一个女孩儿吗

还有一瓣,是谁的泪滴呀

水晶心一样纯净、透明

多年以后,我写下这样的诗句,一定与认识或不认识的"小雪"有关。

夜深了,在暖气开得很足的房间里,一灯、一茶、一书,舒缓的民谣,简约的残荷,大面积的宁静。在雪花轻扬的夜晚,小雪,我把你们深深忆念……

节气小档案

小雪,时间在每年公历11月22日至23日。这时,我国大部地区气温降到零摄氏度以下,黄河中下游地区陆续下雪,提醒人们该御寒保暖了。小雪的三候为:一候虹藏不见;二候天升地降;三候闭塞而成冬。这个时节,气温降低,北方开始下雪,不再下雨,彩虹也就不见了;五天之后,天空阳气上升,地面阴气下降,万物了无生机;再过五天,天地闭塞转入寒冬。

大雪：茫茫雪野中的意境

"忽如一夜春风来，千树万树梨花开。"清晨，拉开窗帘的时候，你会不会被眼前的景象震撼。你熟睡时，雪花穿着软底棉靴，悄悄地来过你的梦境。林语堂说："春则觉醒而欢悦；夏则在小憩中聆听蝉的欢鸣，感受时光的有形流逝；秋则悲悼落叶；冬则'雪中寻诗'。"踏雪寻梅，落雪成诗，雪落无声……在幽静的夜晚，你是否听到了雪落的声音？

而雪更匹配文人雅士的襟怀。"日暮苍山远，天寒白屋贫。柴门闻犬吠，风雪夜归人。"这是刘长卿的沧桑。"千山鸟飞绝，万径人踪灭。孤舟蓑笠翁，独钓寒江雪。"这是柳宗元的孤绝。"……湖上影子，惟长堤一痕、湖心亭一点、与余舟一芥、舟中人两三粒而已……余强饮三大白而别。问其姓氏，是金陵人，客此。及下船，舟子喃喃曰：'莫说相公痴，更有痴似相公者。'"这是张岱《湖心亭看雪》的酣畅、洒脱和超擢。

对于喜爱雪花和冬天的孩子们来说，终于迎来了冰雪的嘉年华——溜冰、滑雪、

打冰尜、滑冰车、堆雪人……冰上的欢声笑语不绝于耳,何况无忧无虑的寒假即将到来。我们来个堆雪人比赛吧!焦黑的煤球做眼眸,长长的胡萝卜做鼻子,母亲的胭脂点唇红,哥哥的草帽和墨镜、姐姐的围巾和手套,都能派上用场。你的雪孩子还在吗?小伙伴的笑声还在吗?

雪中赶路。我艰难地推着自行车,在雪的耳语中独自奔向学校。每一步都叫跋涉,每一步都有种子在肥沃的雪野中成活。持久的铃声,通红的面容,移动的日影,午休室里通红的炉火,甜味的笑声,一遍又一遍哼唱的吉他曲,温情脉脉的眼波……我想拼命地奔跑,却怎么也逃不出白色的沙漠。多年前的一场大雪,一直下到如今,没有停歇……

还记得那一年额尔古纳的大雪,我们到达时雪已飘过。小木屋外零下40多摄氏度的低温,被当地新建的家庭旅馆的炉火悄悄消融。在室外,你感觉不到冷。可是,鼻尖儿分明被一只看不见的小狗轻轻"咬"

着。广阔的雪野宛如冰雕玉琢的童话王国，我们是小人国的子民，嬉戏、打闹、呼喊同伴的声音，要跑出很远，才能回到自己的耳畔。我们去看锯木场，那些白杨细细的，却已有几十岁的年龄——它们抱紧自己的内心取暖，细密而结实的年轮像岁月的唱片，记录着风雪之中它们的坚持与守望……

节气小档案

大雪，时间在每年公历12月6日至8日。这时天气更冷，雪下得更大、范围更广。北方会出现雾凇或雾霾，南方会出现初雪或冻雨。大雪的三候为：一候鹖鴠不鸣；二候虎始交；三候荔（lì）挺出。这个时节，因为寒冷，寒号鸟不再鸣叫；五天之后，老虎开始求偶；再过五天，马蔺草感到阳气萌动，抽出新芽。

冬至：黎明的曙光

早在三千多年前，周公到洛阳用土圭法测得洛阳即为"天下之中"（中国的中心）。据载，周公选取"日影"最长的一天为新年的开始。也就是说，人们最初过冬至是为庆祝新年。古人认为自冬至起天地阳气渐强，下一个循环开始了，乃吉日或称"小年"。这个习俗源于周代，盛于唐宋，相沿至今。这一天，出门在外的人要回家。若外出未归则需留出空位，摆上碗筷，象征性地加些饭菜，以表达亲人们的思念。读书人要悬挂孔子像、设孔子牌位，祭拜先师。学生要备礼物

看望老师，酬谢教育之恩。

说到饮食，北方宰羊、吃饺子，南方吃汤圆、麻糍、冬至面等。冬至吃饺子源于东汉时期的医圣张仲景。当时，张仲景用面皮包上祛寒的药来治病，避免病人耳朵生冻疮。"过年不端饺子碗，冻掉耳朵没人管。"饺子一般要在年三十晚上包好，子时再吃，取"更岁交子"之意，象征着团圆和吉祥，美好的寓意流传至今。

"吃了冬至面，一天长一线"，对此，我更有自己的体会。儿子读初中和高中的六年，是最难熬的时光。在北方，几乎半年见不到绿色，且昼短夜长。儿子要披星戴月地赶往学校。所以，我必须比他起得早、睡得晚，身兼保姆、营养师、司机、心理咨询师、同学，最后才是母亲等多重身份。尽管心中聚集着千种情愫、万种波澜，却只能做回收箱、定心丸。每年，我都像盼望久别重逢的亲人一样盼望冬至，因为晴好的天光也会作用于心灵，使煎熬减轻一些，而风雨交加、冰天雪地对人的情绪同样也起作用。冬天到了，春天还会远吗？谁不渴望令人神往的"黎明"曙光。"我相信在群星当中有一颗星星,引领我的生命,穿越不可知的黑暗。"

于我,冬至便是那颗神奇之星。在我私密的时光宝盒中,没人知道于狂风暴雪中,我站在高中北大门的黄色交通三角牌下的复杂心情;没人知道儿子的一个情绪变化、分数的变更,会如蝴蝶效应般产生多少摧毁我的能量;没人知道分秒计数的光阴,怎样被我换算成刻骨铭心的具体疼痛……若干年后,每每行至故地,内心依然汹涌澎湃,它已化为对岁月情怀的无言佐证。

冬至时节,百事谢绝,安身静体,大自然进入了休养生息的缓慢状态。从书架上取下一本书,在洒满日光的阳台上轻轻念出英国诗人科勒律治的诗歌:

整个自然似乎在工作
鼻涕虫离开了窝
蜜蜂在活动

冬至：黎明的曙光

鸟儿在飞翔

冬天，在户外沉睡

微笑的脸上带着春天的梦

而我，这时，唯一不忙碌的生灵

不酿蜜，不结婚，不建造，也不歌唱

此时，在中国，河南焦作的牛膝可以入药了，山东东阿阿胶经过9天9夜的熬制、二月阴干、99道工序，可以进补了。大自然抚慰了我们疲惫的身心，一次又一次。

节气小档案

冬至，时间在每年公历12月21日至23日。冬至俗称"数九"，进入"头九"，这一天太阳直射地球的位置达到了一年的最南端，北半球白昼达到最短，而且越往北越短。冬至以后北半球白昼渐长，但气温持续下降，标志着最冷的冬天来了。冬至的三候为：一候蚯蚓结；二候麋角解；三候水泉动。这个时节，土地中的蚯蚓感受到阴气，仍蜷缩着身体；五天之后，麋鹿感觉到阴气渐退而头上的角脱落；再过五天，山中的泉水暗暗流动且温热。

小寒：即将结束的旅程

春生、夏长、秋收、冬藏，时序如光阴四部曲，沿着固有的轨迹匆匆旋转，又如周而复始的时钟，即将展开又一段崭新的旅程。对于北方，一个冰雕玉琢的童话世界从天而降，为孩子们的寒假生活装点出一个神奇的水晶宫、溜冰场，跳绳、踢毽子、滚铁环、打雪仗、堆雪人，热闹欢腾。

十岁那年寒假，我和表哥去了他乡下的家。那是我第一次坐火车，不是绿皮火车，而是黑漆漆的、没有窗子的闷罐火车。窗外的风景根本看不见，只能从两节车厢的连接处，看到随着我们奔跑的枕木和碎石。那有什么关系呢？到了表哥家，村头冰冻的河泡子是我们的快活领地。那时，河泡子结实得像一口大锅，我们呼啸着从"锅沿儿"冲向"锅底"，在河心嘻嘻哈哈摔成一团……简直太过瘾了！那么冷的天，我们却满头大汗，像一台台小型蒸汽机。不知被喊了多少遍，我们才不情愿地回家吃饭。

到了小寒，老中医和中药房的伙计便忙开了。入冬时熬制的膏方，吃得差不多了。"再熬些吧，正好可以吃到春节前。"但是，药补不如食补，食羊肉、喝羊汤，早睡早起，即可调养身体。接着，年味浓了起来，人们欢天喜地地写春联、剪窗花、买年画、挂彩灯，采购鞭炮和香火，还有家人的新装。更重要的是，准备春节期间的各种吃食。如果有闲钱、有心情，买个诸如大彩电那种早就盼望的大件回来，犒劳犒劳自己和家人，就更美了。

有一年，妈妈买回一个猪头。我们在院子里疯跑，以为晚上就可以吃到热乎乎的猪头肉了，还有凉拌猪耳朵、猪舌。期待使我们疯跑的速度更快，我们跑得那么久、那么累，也没听到妈妈喊叫我们的声音。

天完全黑透了，我们筋疲力尽地回到家。灶台上的大蒸锅埋在蒸汽当中。妈妈听到我们七嘴八舌的说话声，从炕上起身——她几乎是冲向灶台，扑向大蒸锅，大蒸锅里一片汪洋……尽管妈妈用笊勺小心翼翼地捞来捞去，除了碎肉屑，什么都没有——那个硕大的猪头，也能像雪人一样"化"掉，散在空中吗？我望向天花板，望向黑黢黢的夜，失望极了。

妈妈整天要在流水作业的缝纫机台上，连续工作十个小时还不止，为了使我们有吃的、有穿的，她也像缝纫机一样不能停下来，她太累了！那天，没有我们打扰，在傍晚短暂的安静中，她竟睡着了……

直到现在，每当提起那个消失的猪头，妈妈还

会面露憾惋之色。我知道，那是清贫岁月中，她能够给予孩子们少之又少的物质上的爱，却因为"失误"而未能如愿……

节气小档案

小寒，时间在每年公历1月5日至7日。小寒表示最冷的日子即将到来。据气象资料记载，小寒是气温最低的节气，只有少数年份大寒气温低于小寒。小寒的三候为：一候雁北乡；二候鹊始巢；三候雉始鸲（gòu）（鸲是鸣叫的意思）。这个时节，大雁开始准备北迁；五天之后，喜鹊开始营巢；再过五天，雉感受到阳气的生长而开始鸣叫。

大寒:年华的盛宴

大寒都是在农历腊月,腊月里有一个非常重要的腊八节。这一天要吃腊八粥,按照不同风俗,各地腊八粥的原料也不同,有大米、小米、江米、黄米、玉米、薏米、粳米、绿豆、小豆、豇豆等,加上花生、栗子、红枣、白果、桂圆、蜜饯、莲子等,也有加肉丝、萝卜、白菜、粉条、海带、豆腐的。

腊八粥也叫福寿粥、福德粥、佛粥。相传,这一天是释迦牟尼的成佛日,寺院取香谷、果实煮粥供佛,后来民间沿成习俗。腊八节原为古代欢庆丰

收、感谢祖先、人去疾疫的祭祀仪式，也有预祝丰年的美好寓意。

此时，千里冰封，万里雪飘，需合聚万物，调和千灵。"小寒大寒，杀猪过年。""小孩儿小孩儿你别馋，过了腊八就是年。"过年，家家户户大门两侧都会贴上通红的春联。人们忙着除旧饰新，腌制年肴，准备年货——春节即将来临：南国花团锦簇，吃年糕；北方冰天雪地，吃饺子、杀年猪——这和暖的气息可以融化坚冰、击败寒冷。

我们家生活水平的提高是从冰箱的变迁看到的：最早冰箱是院子里的大缸，所余不多的豆包、冻豆腐放在里面，盖上铝锅盖儿；接着，冰箱是不生火的小偏房，偶尔会有白条鸡出现；然后，真正的冰箱出现了，鸡鸭鱼肉尽在关拉门中，不必担忧天气冷热。

另外，新衣服也出现在大衣柜里面了，纸儿包纸儿裹的，不到过年是不能穿的，我只好每天晚上放学回家偷偷试穿一遍。弟弟口袋里的小鞭儿一个个拆开,那响动太微弱了,像一滴滴水溶在大海中。但对于弟弟来说,"一千响"就是一千个快乐,那是他一个人的盛宴。

这时候,有人登上徐徐开动的列车,有人漫游于霓虹流淌的车河,有人等待着呼啸的地铁,有人行色匆匆地奔向温馨的楼宇、院落——沿着亲人的方向,沿着母语的方向。而一扇扇窗户里面,有人摆好了热气腾腾的饭,有人一遍一遍地向窗外张望,有人轻轻翻开新的台历……

倦鸟归林,池鱼入渊。家是人们奔赴的方向,家是人们抵达的终点。家人闲坐,灯火可亲。所有的寒冷、凄清与孤单,都在温暖、快乐的气氛中,倏然消散了……此刻,喜庆盈盈、春意融融的大地上,鲜花用笑脸写着两个词:美好、团圆。

一年已尽,年华的盛宴就要开启,又一个美好的日子即将开始。你听——美妙的春之声,已经奏响……

节气小档案

大寒,时间在每年公历1月20日至21日。大寒是天气寒冷到极点的意思,是二十四节气中的最后一个节气。大寒的三候为:一候鸡乳;二候征鸟厉疾;三候水泽腹坚。这个时节,母鸡产下鸡蛋,开始孵化小鸡了;五天之后,鹰隼(sǔn)类的鸟开始在空中盘旋,寻找食物;再过五天,河流彻底封冻,人们可以尽情地在冰上玩耍。

阅读拓展

《在时光深处等你》以二十四节气为索引,遵循时令顺序,既描写了自然特征、物候特点,又书写了不同时节的传统习俗、人类活动及人文情怀。这是作者对人与自然关系的有效解读,对古老文明的再次聚焦,对中华优秀传统文化的深情礼赞。在日升月落、斗转星移间,有着怎样美丽的故事和传说?请你走进神秘而幽深的时空隧道,细细体会季节的变换、光阴的流逝、文明的脉动——作者文笔温润细腻，引导孩子了解中华文化的悠久历史，从了解古老的文明开始，了解祖国的发展。

互动话题：

1. 《在时光深处等你》，详细介绍了二十四节气。读了这本书，你最喜欢哪个节气，快分享给你的同学们吧。

2. 读了这本书，我们知道了立春要吃春卷，清明要吃寒食，立秋要贴秋膘……你知道你们家乡还有哪些关于二十四节气的习俗吗？可以留言告诉我们哟。

3 中国的传统文化博大精深，与二十四节气有关的诗歌也非常多，如《立春偶成》《春夜喜雨》《清明》等，你还知道哪些诗歌？可以分享给我们哟。

4 我国地域广阔，民族众多，在同一个节气，各地的人们有着不一样的风俗，尤其是重要的节日，更有着不同的庆祝方式。你可以把自己知道的各种不同的风俗做一下对比，再说说你更喜欢哪个风俗。

阅读拓展

5 "春雨惊春清谷天,夏满芒夏暑相连,秋处露秋寒霜降,冬雪雪冬小大寒。"这就是《二十四节气歌》,你现在能背下来吗?你能说出它对应的节气名称吗?可以和你的小伙伴比赛,看谁说得又快又准。

6 书中有非常精美的关于二十四节气的插画。画师同作家一样,用自己独特的方式展现了二十四节气的魅力。读完这本书,你是不是也为我们祖先的智慧而惊叹?他们根据二十四节气的变化,指导生产活动。小朋友们,我们要通过本书的阅读,把祖先的智慧传承下来。